KB195108

사랑이
떼구르르

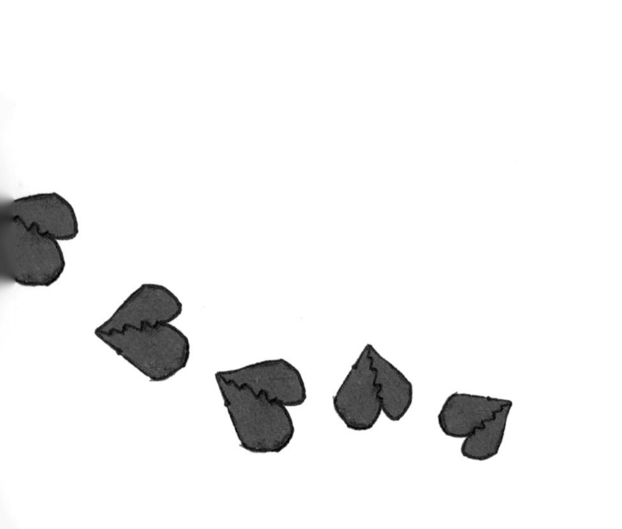

군산 서해초등학교 5학년 4반 어린이들 시·그림

송숙 엮음

단비어린이

올해 친구들은 다른 해에 비해 참 조용했어요. 1교시가 시작되면 교실에 적막이 흘러서 선생님인 제가 숨이 막힐 것 같은 때도 있었죠. 물론 1교시가 지나면 좀 나았지만요. ^^

조용한 친구들이라 재미가 없을 줄 알았어요. 그런데 다른 곳에 재미가 있더라고요. 유치원 때 좋아했던 친구를 잊지 못해 노래하다 눈물을 흘리던 친구도 있었고, 사랑을 잃고 갑자기 시인이 된 작고 귀여운 친구도 있었어요. 연애하는 비둘기를 보며 나보다 낫다고 생각한 친구도 있고, 올 크리스마스도 솔로인 게 아쉬운 친구도, 벙어리 냉가슴 앓듯 짝사랑을 하는 친구도 있었지요. 심지어는 선생님을 열렬히 사랑해 주는 친구도 있었어요. 어쩌면 이렇게 변함없이 사랑을 해 주는 걸까, 참 신기하고 고마운 친구였어요.

그러다 보니 이번 시집엔 사랑 시가 유난히 많아요. 사랑 시집이라고 불러도 좋아요. 그럼 지금부터 사춘기를 막 달리기 시작한 친구들의 풋풋하지만 매콤, 새콤, 짭짤, 씁쓸, 달콤하기도 한 이야기들을 한번 만나 볼까요?

송숙

차례

1부 붕어빵

강주아 월요일 아침 • 12
김지유 수학 학원 • 13
강주아 고장 • 14
김시윤 몸무게 • 15
권이찬 농구공 • 16
신예은 공부를 많이 해서다 • 17
김건우 다른 축구 • 18
김현준 주머니 • 19
김도윤 광복절 • 20
김건우 햇빛 • 21
정수현 눈 속으로 • 22
김시윤 물고기 • 23
배수빈 노래방 • 24
김현준 매미 • 26
나주원 안경 • 27
김현준 잠 • 28
김도윤 지진 • 29
신예은 물음표 • 30
송경찬 미끄럼틀 • 31
김건영 꽃무릇 1 • 32
김건영 꽃무릇 2 • 33
송경찬 치과 • 34
권이찬 스핀 무브 • 36
신예은 팔꿈치 • 37
황민찬 바람 새는 소리 • 38
신예은 붕어빵 • 39
정수현 우리도 저럴 때 있었지 • 40
장현근 멍 • 41
장현근 도서관 • 42
이혜원 고민 상담 • 43
김현준 구름 • 44
한지민 멜론 • 45
황민찬 모기 주둥이 • 46
나주원 2024년 • 48
황민찬 계란 • 49

2부 짝꿍

강주아 다리 사이 • 52
김지유 감자 캐기 • 53
김건영 마늘쫑 • 54
박하람 급식 • 55
신예은 도자기 체험 • 56
김건우 변화 • 57
한지민 오색딱따구리 • 58
신예은 땀난 머리 • 59
김시윤 피곤한 날 • 60
김지율 호리병 호리병 • 61
김현준 나비 • 62
김건영 눈썹 • 63
김지유 추석 • 64
배수빈 사루비아 • 65
김현준 짝꿍 • 66
전지윤 짝꿍 • 67
송경찬 시험 • 68
정수현 화분 구덩이 • 70
나주원 졸림 • 71
전지윤 구운 계란 • 72
박하람 소방 훈련 • 73
신예은 시계의 하루 • 74
김건우 급식표 • 75
양초은 풀 • 76
한지민 술래잡기 • 77
박하람 체육 • 78
안승아 점심시간 • 79
신예은 문 여는 소리 • 80
김도윤 머리 • 81
나주원 영어 공책 • 82
양초은 학교 방송 • 83
전지윤 방구 • 84
김건우 초상화 • 85
전지윤 수행 평가 • 86
한지민 두 목소리 • 87

3부 나의 사랑도 떼구르르

권이찬 아픔 • 90

김지유 비둘기 • 91

황윤재 단원 평가 • 92

문채희 솔로 • 93

배수빈 사춘기 • 94

신예은 민찬이 • 95

황윤재 추격전 • 96

이혜원 첫사랑 • 97

정수현 가을 나무 • 98

정수현 알밤 • 99

정수현 나의 사랑도… • 100

정수현 나의 사랑도 떼구르르 • 101

정수현 맨드라미 차 • 102

이혜원 고백 • 103

한예나 나의 노력 • 104

한예나 딸기 우유 • 105

한예나 사랑 • 106

한예나 미련일까? • 107

한지민 부럽다 • 108

한지민 머리카락 • 109

황윤재 손 • 110

황윤재 기억 상실증 • 111

황윤재 기사의 힘 • 112

황윤재 쿵, 쿵, 쿵 • 113

김현준 송은서 누나 • 114

4부 내 얼굴의 갈매기

김지유 라면 • 118

김건영 아빠 • 119

김지율 내 얼굴의 갈매기 • 120

안승아 몰래 받은 용돈 • 121

김시윤 아팠을 때 • 122

문채희 워터파크 • 124

김지유 용돈 • 125

장현근 선풍기 • 126

김지율 겁 • 127

김건영 고추 • 128

문채희 언니 • 129

안승아 오빠의 부탁 • 130

신예은 학부모 공개 수업 • 131

양초은 아저씨 • 132

문채희 힘 • 133

김건우 몰폰 • 134

문채희 기도 • 136

양초은 아빠의 추억 • 137

황민찬 지네 • 138

장현근 김장 • 139

장현근 생일 축하 • 140

전지윤 오빠 • 141

한지민 앞머리 • 142

황윤재 씨름 • 143

황민찬 병아리 • 144

신예은 술 먹은 아빠 얼굴 • 145

한지민 양말 • 146

황윤재 수건 • 147

황민찬 코골이 • 148

김시윤 형 • 149

1부

붕어빵

월요일 아침

강주아

일어나야 하는데
자고는 싫고
자고 싶은데
일어나야 하고.

수학 학원

김지유

수학 학원을 갔다.
숙제를 못 했는데 어쩌지 생각했는데
선생님께서 다가오더니
학습지를 내어주고 다른 방으로 가서
숙제 검사를 안 했다.
나는 가슴이 롤러코스터를 타는 것 같았다.

고장

강주아

핸드폰이 고장 나서 저절로 움직였다.

귀신인 줄 알고 십자가를 들어서

물러가라 했더니 안 물러가서

십자가로 핸드폰을 내리쳤다.

근데 안 물러가서

정체가 뭐냐고 물어봤더니

구글에서 공벌레 사진을 혼자서 클릭했다.

깜짝 놀라고 신비로웠다.

내가 키우는 공벌레가 죽었는데

핸드폰에 옮았나?

몸무게

김시윤

지금까지 몸무게를 쟀다.

2023년 10월부터 지금까지

40kg, 39kg, 41kg이

뒤바뀌며 산다.

농구공

권이찬

나는 농구공
쉴 틈 없이 계속 튀겨야 돼.
너무 어지럽고 힘들어.

언제는 나를 발로 차기도 해서
그때 나를 발로 찬 아이를
차 버리고 싶었어.

그리고 나를 엉덩이로 깔아뭉개기도 해.
너무 무겁고 냄새가 나서 힘들어.

그리고 또 나를 밟기도 해.
너무 아프고 그땐 내가 맘대로 움직여서
그 애를 넘어뜨리고 싶어.

공부를 많이 해서다

신예은

학원 숙제가 사회 외우기였는데
외울 게 정말 많아서
머리가 터지기 직전까지 간다.

뇌는 그걸 막으려고
다른 걸 잊어버리게 한다.

친구 이름, 내가 읽고 있던 책 이름
아빠 심부름을 잊어먹는다.

내가 멍청해서가 아니다.

다른 축구

김건우

그냥 축구와
비 맞으면서 하는 축구는
다르다.
비 맞을 때
아주 찝찝하긴 하지만
더 시원하고 재미있다.

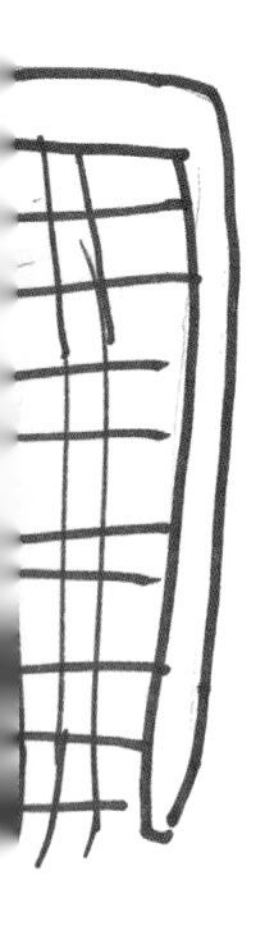

주머니

김현준

주머니에 손을 넣고 걸어가던 중
발이 꼬여 넘어질려 했다.
겨우 중심을 잡고 보니
손이 주머니를 꽉 잡고 있었다.

광복절

김도윤

오늘은 광복절이다.
우리는 광복을 해서 좋고
나는 학원을 안 가서 좋다.

햇빛

김건우

하얀 구름들 사이에

삐죽 튀어나온 햇빛.

그 모습이 꼭

하늘 세계에서 신들이

인간 세계로 내려오는 모습 같다.

눈 속으로

정수현

눈이 많이 와서
입 벌리고 눈 먹는데
눈 속으로 빨려 들어가는
느낌이었다.
블랙홀로 빨려 들어가는 것
같았다.

물고기

김시윤

낚시를 하고 물고기들
8~9마리 정도 풀어 줬다.
한 마리가 돌 쪽으로 떨어졌는데
바다를 안 가려고 해서
내가 다시 빼 줬는데
생각해 보니 우리가 생명을
반죽음으로 만들고 풀어 주는 게
미안했다.

노래방

배수빈

나에게 노래방은
스트레스 해소장 같은 곳이다.
스트레스를 받았을 때
노래방을 가서 소리 지르고
노래를 부르면
스트레스가 나에게
이렇게 말한다.

안녕, 나 갈게~

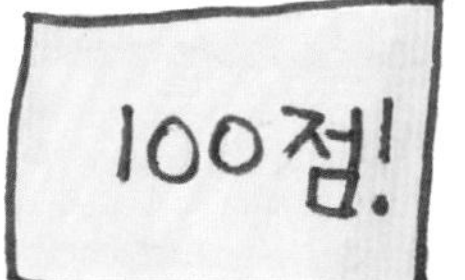

끼좀 부리지 마 너 때매
난 매일 매일 불안해~

매미

김현준

학원에 가는데 나무 아래에
죽은 매미가 보였다.
허물을 반절 정도 벗다가
죽은 거 같았다.
겨우 세상으로 나왔는데
한 번도 울어 보지 못했다.

안경

나주원

일어날 때 없고
컵라면 먹을 때 안 보이고
옆으로 누울 때 불편한 게
바로 안경.

잠

김현준

알람 소리에 일어나려고 했는데
피곤해서 일어나지 못하고 있었다.
근데 파리가 내 턱에 붙었다 날라가서
확 잠이 깨 버렸다.
살다 보니 파리가 내 잠도 깨워 주네?

지진

김도윤

오늘 처음으로

지진이라는 것을 느꼈다.

지진이 났을 때

처음으로 들은 생각이

나 죽을 나이 아닌 데였다.

물음표

신예은

애들 귀에 물음표가 붙어 있다.

귀가 없었다면

호기심이 없었을까?

미끄럼틀

송경찬

미끄럼틀에 밧줄이 있었다.
밧줄을 잡고 미끄럼틀을 올라갔는데
재밌었다.
밧줄이 앞을 막고 있었는데
그건 레이저라 치고
그걸 피해서 올라가기를 했다.

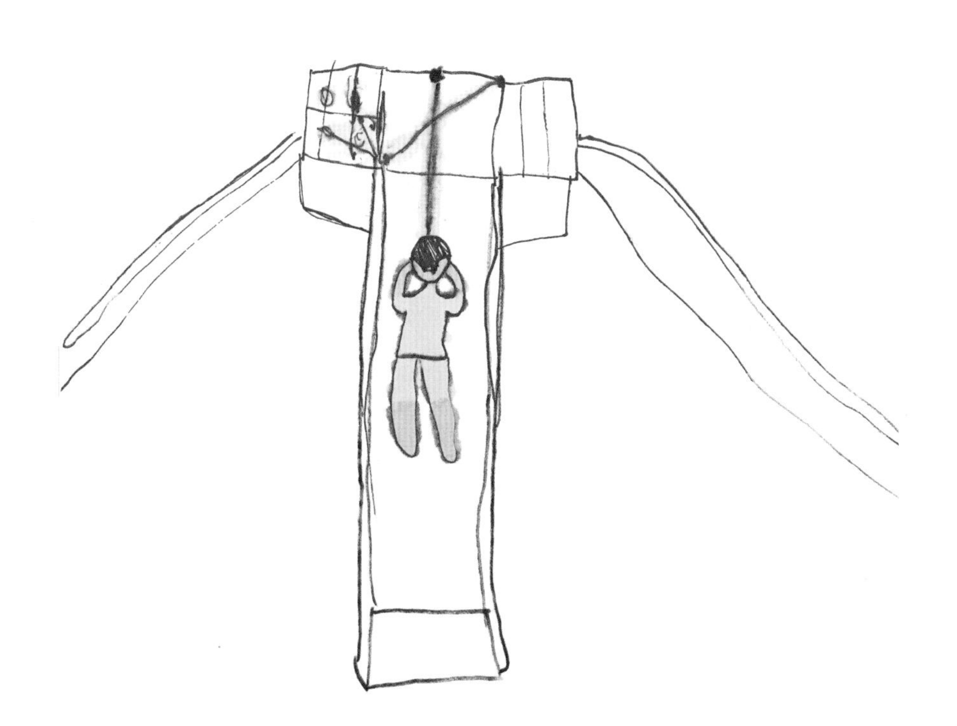

꽃무릇 1

김건영

학교 가면서
아파트에도 꽃무릇이 있는지 궁금해서
꽃무릇을 찾아봤다.
찾아보니 아파트 이곳저곳에
많이 피어 있었다.
꽃무릇을 알기 전에는
아파트에 있는지 몰랐는데
알고 나니 꽃무릇이 보였다.

꽃무릇 2

김건영

아파트에 있는 꽃무릇이
하나같이 꽃잎이 떨어져
줄기만 남았다.
꽃무릇에 꽃잎이 떨어졌으니
꽃무릇이 아닌
무릇이 된 것 같다.

치과

송경찬

왼쪽 어금니에 충치가 나서
치과를 갔다.
겉으로 볼 땐 충치 조금 난 거 같은데
이빨 안에는 다 썩었다는 것이었다.
충치를 없애다 보니
이빨 가운데가 뻥 뚫렸다.
그 구멍 난 데를 실리콘으로 메꿨다.
이제 왼쪽 어금니는
실리콘 이빨이 되었다.

으악!
떨린다.

스핀 무브

권이찬

비 오는 날 형들과
은파★로 자전거를 타러 갔다.
자전거 전용도로로 가서
물이 고여 있는 데로 가서
뒷바퀴를 돌리는 어려운 기술을 하였는데
형들은 바퀴가 두꺼운 자전거고
나는 바퀴가 얇은 자전거였기 때문에
하다가 바퀴가 찢어지고
오른쪽 무릎에도 멍이 두 개 들었다.
나는 집에 가서 엄마에게 혼날 생각에
내 맘도 바퀴처럼 찢어지게 아팠다.

★은파: 군산에 있는 은파호수공원

팔꿈치

신예은

내 팔꿈치에는
번개맨이 산다.
팔꿈치가 어디에 찧이면
찌릿찌릿거린다.
저번에도 식탁에 찧었는데
찌릿찌릿거렸다.

바람 새는 소리

황민찬

간밤에 갑자기

휘웅 휘웅거린다.

누구 동굴에서 바람 새는 소리가 나나

나는 소리에 집중해서

콧구멍에서 바람이 나오는

범인을 잡았다.

붕어빵

신예은

어제 붕어빵이
너무 먹고 싶었다.

슈크림 붕어빵이
너무 먹고 싶었다.

한 입
왕! 깨물면
슈크림이 슉~ 나오고

팥을 먹으면
팥이 파악~하며
입안에 퍼진다.

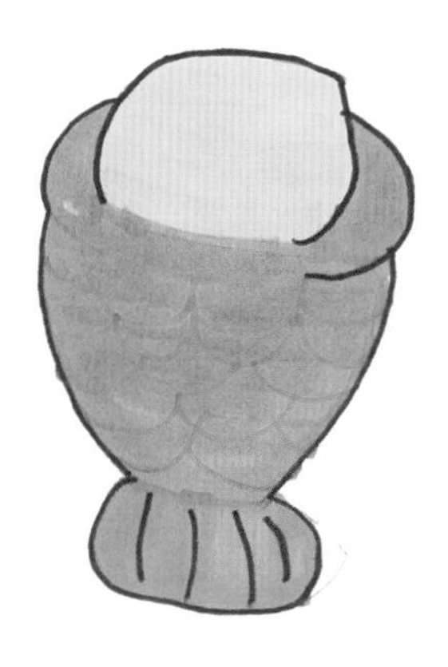

우리도 저럴 때 있었지

정수현

우리 초딩들은 아기 보면서
우리도 저렇게 어릴 때가 있었지.

중딩들 우리 보며
우리도 저렇게 놀 때가 있었지.

어른은 중딩들 보며
나도 저렇게 친구들과 놀러 다닐 때 있었지.

할머니 할아버지, 어른들 보며
나도 저렇게 젊을 때 있었지.

죽은 사람은 할머니 할아버지 보며
나도 살아 있을 때가 있었지.

멍

장현근

아무것도 하고 싶지 않다.
아무것도.
잔잔한 호수처럼
가만히 누워 있고 싶다.

도서관

장현근

문 열 때는 굳이 가고 싶지 않고
문 닫을 때는 굳이 가고 싶다.

고민 상담

이혜원

밤에 수빈이와
고민 상담을 했다.

각자 고민도 말하고
수다도 떨다 보니
금방 통화를 마칠 시간이 되어
끊었다.

고민을 말하니
내 속의 한이
다 달아난 것 같았다.

구름

김현준

저번에 여행을 갈 때
비행기에서 창밖을 보는데
전부 다 구름이었는데
한 곳만 구름이 없고
푸른 하늘이 보였다.
거기 위로 올라가면
사후 세계가 나올 거 같았다.

멜론

한지민

전주에서 군산 돌아오는 길에
커다란 나무에 벌집 같은 게
달려 있었다.
그래서 인터넷에 검색해 보니
벌집이 맞는 것 같다.
처음에 벌집인 걸 몰랐을 땐
멜론인 줄 알았다.

★ 지민이는 등검은말벌의 집을 보았다.

모기 주둥이

황민찬

앉아서 게임 하다가

볼에 뭔가 붙은 거 같아서

뗄려고 찝었는데

모기 주둥이가 있고

모기가 바닥에서

혼란에 빠져 있었다.

니 주둥이는 내가 가져간다.

낄낄

내 주댕이가 어디갔지?

2024년

나주원

2024년이 된 지도
얼마 안 된 거 같은데
벌써 반이나 지났다.
이렇게 가면
나도 벌써
할아버지 된다.

계란

황민찬

어두운 껍질 안에 있던
아침과 해.
톡 톡 하면
검정색 프라이팬에
아침과 해가 나온다.

2부

짝꿍

다리 사이

강주아

강당에서 농구를 하는데
처음으로 다리 사이에 넣는
드리블을 성공했다.
뭔가 재밌었고 뭉클했다.
집에서는 해도 해도 안 되더니
밖에서는 해냈다.

감자 캐기

김지유

오늘은 감자를 캤다.
다 캤는데
선생님이 더 캐 보라고 했는데
파도 파도 안 나왔다.
선생님이 삽으로 흙을 휘집었더니
감자가
"저 찾으셨어요?"
하면서 나온다.
항상 내가 찾을 땐 없으면서
어른들이 찾을 때는 쏙쏙 나온다.

마늘쫑

김건영

오늘 마늘쫑을 뽑았다.
마늘쫑을 잡아당기니
의외로 숨어 있는 줄기가
서서히 나왔다.
그러면 펭귄도 발을 잡아당기면
숨어 있는 다리가 나오나 생각했다.

급식

박하람

칠판 옆에 조그마하게 쓰여 있는
급식 당번
나도 해 보고 싶지만
밥을 맨 마지막에 먹어야 해서
내 몸 안에서 갈등이 심하다.

주번: 주아, 현준
우유: 민환, 현준
급식: 건영, 예은

도자기 체험

신예은

도자기 체험을 했다.
처음엔 어려워서 힘들었다.
근데 점점 모양이 잡혀서
쉬워졌다.
선생님이 더 다듬어 주니
주름과 구멍이 없어졌다.
선생님이 피부과 원장님 같다.

변화

김건우

아침 걷기 할 때는

기분이 좋은데

왜 교실 오면

시무룩해질까.

참 신기한 변화다.

오색딱따구리

한지민

화단에 갔는데 오색딱따구리가
유리창에 치여 죽어 있었다.
그걸 보니 안쓰러웠다.
날개를 모으고 자고 있는 거 같아서
"딱따구리, 일어나."라고 말하면
하품하고 일어날 거 같아 보였다.

땀난 머리

신예은

운동장에서 놀다 온
애들 머리가 사자 갈기처럼
뾰족하다.
땀나서 젖었나 보다.
물은 둥글고 착해 보이는데
머리카락이랑 닿으면
무섭게 된다.

피곤한 날

김시윤

어제저녁에 잠을 잘 못자서

너무 피곤해서

아침 시간에 자려고 엎드려 있는데

친구들이 나만 쳐다보는 느낌이었다.

그래서 잠이 안 왔다.

호리병 호리병

김지율

점심시간에

운동장으로 나갔다.

선생님과 벼를 구경하고 있는데

땅바닥에 호리병벌이 있어서

깜짝 놀랐다.

그래서 선생님한테 말할려고 하는데

혀가 굳어서 호리병벌을

"호리병 호리병!"이라고 소리쳤다.

난 혀 발음이 왜 이럴까?

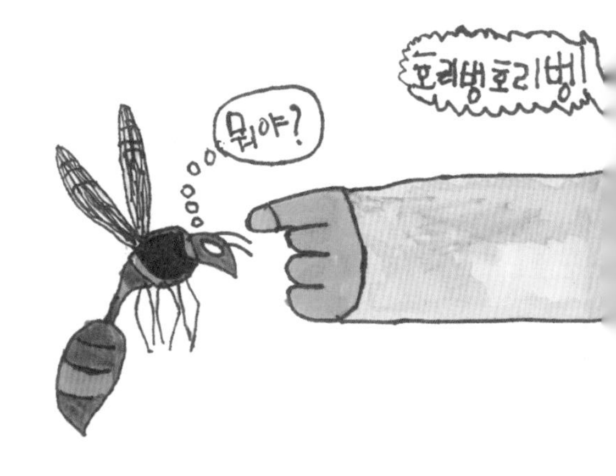

나비

김현준

방과 후를 할려고 교실에 들어갔는데
나비가 있었다.
다들 나비를 잡는다고
수업을 안 하고 있었다.
난 곤충을 안 무서워해서
나비를 잡을 수 있지만
나비가 안 나가면 수업을 안 하니깐
속으로는 나비를 응원했다.

눈썹

김건영

음악 시간에
여러 가지 악기 소리를 듣고
감상을 쓰는 수행 평가를 봤다.
마지막 악기 소리를 들을 때
악기를 연주하는 사람이
자기가 연주하는 것에 심취했는지
눈썹이 올라갔다 내려갔다 했다.
악기 소리에 집중해야 하는데
연주하는 사람 눈썹이 신경 쓰였다.

추석

김지유

추석이 끝나고

학교를 가는 길엔

발에 돌이 달려 있는 것 같다.

사루비아

배수빈

사루비아 꿀을 빨아먹는데
달콤하면서 맛있다.
하지만 주의할 점이 있다.
가끔 사루비아 안에
개미가 있을 때도 있어서
개미를 안 먹게 조심 해야 된다.
개미 조심!

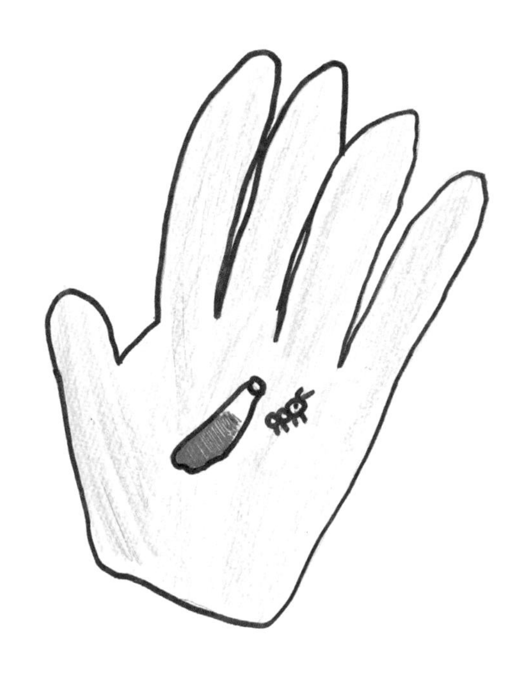

짝꿍

김현준

자리를 바꿨다.

근데 짝꿍이 전지윤이었다.

그래서 기분이 좀 나빴는데

갑자기 전지윤이 울었다.

울고 싶은 건 나였는데

걔가 먼저 울어서 놀랐다.

짝꿍

전지윤

처음 짝꿍이 되었을 때는

한 달 동안 학교를 안 나오고 싶었다.

근데 지내다 보니 더 싫어졌다.

짝꿍 말론

내가 울고 싶은데

왜 니가 우냐고 뭐라 했다.

울고 싶으면 울지 왜 안 우는지

어이가 없다.

시험

송경찬

오늘은 수학 시험을 본다.

근데 수학 시험지가 없어졌다는 것이다.

나는 너무 신났다.

그런데 선생님이

국어 시험을 보자는 것이다.

나는 갑자기 기분이 안 좋아졌다.

ㅎㅎ 국어자 있지
국어 시험지
으악 안돼!!!

화분 구덩이

정수현

화분에서 무를 뽑았다.

큰 구덩이가 생겼다.

내가 그 구덩이면 이럴 거 같다.

아, 드디어 뽑혔네. 저 녀석 땜에

세수 안 하고 싶어도 세수하고

업어 달라고 해서 내 허리 뿌러졌네.

졸림

나주원

영어 시간에 수업을 하는데
갑자기 졸음이 몰려왔다.
나는 볼을 당기고 때려 봤는데
잠이 깨지 않았다.
나는 버티기로 했다.
근데 시간이 진짜 느리게 가서
바닥에 누워 자 버리고 싶었다.
드디어 수업이 끝났다!!
근데 갑자기 잠이 깼다.
40분 동안 고문당하다가 풀려난
느낌이었다.

구운 계란

전지윤

오늘 점심시간에 계란이 나왔다.
나는 김현준 머리에다 계란을 깨고
권이찬은 내 머리에다 계란을 깼다.
권이찬이 내 머리에 계란을 깼을 땐
총소리가 났고
내가 김현준 머리에 계란을 깼을 땐
폭탄 소리가 났다.

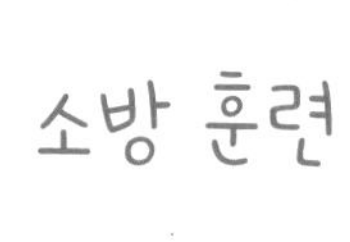

소방 훈련

박하람

오늘 소방 훈련을 했다.

소화기의 연기가 나를 덮쳤다!

근데 실수로 맛을 봤다.

엄청 매웠다.

불도 매워서 꺼질 만하다.

시계의 하루

신예은

난 시계다.
이곳은 교실 안이다.
수업 시간인가 보다.
애들이 무서운 눈으로
날 힐끔거린다.
그런데 종이 울리면 애들이
설렘과 기쁨이 가득한 눈으로
돌아다니며 날 본다.

급식표

김건우

오늘 급식 뭐 나올까?

기대한다.

급식표 보고

맛 없는 게 나오면

급 정색하고

맛있는 게 나오면

놀란다.

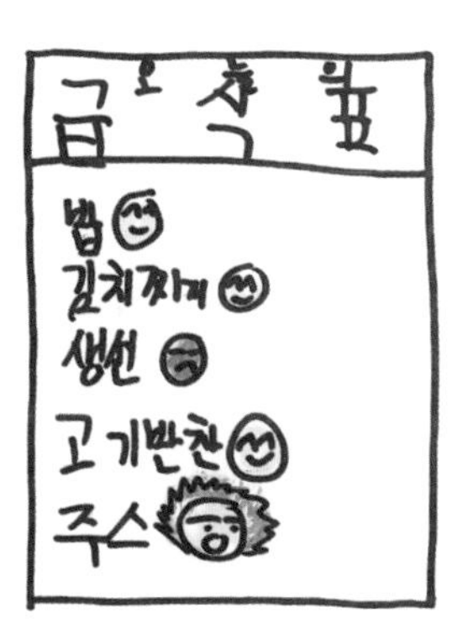

풀

양초은

오늘 점심시간에
마늘밭의 풀을 뽑았다.

학습지 생각
수학 시험 생각
얄미운 동생 생각하다 보니

마늘밭이 깨끗해졌다.

술래잡기

한지민

나랑 승아랑 채희랑
술래잡기를 했다.
가위바위보로 술래를 정했는데
승아가 술래가 되었다.
그런데 승아가 술래가 될 때마다
길이 엇갈려서 우릴 못 찾는다.
그래서 우리가 승아를 찾는다.

체육

박하람

체육 시간에
처음 배우는 종목이 있을 때
'아! 될 것 같은데!'
'아! 쫌만 더 왼쪽으로 갈걸!'
'아, 이제 진짜 감 잡았어.' 할 때
종이 울린다.

점심시간

안승아

오늘 점심시간에

예은이랑 규리랑 같이 놀았다.

술래잡기를 하면서

사람들 사이로 슥슥 지나가니까

내가 마치 뱀인 거 같았다.

실제로 뱀띠이기도 하니

내가 정말 뱀인 줄 알았다.

꾸불꾸불거리는 내 모습이

정말 웃겼다.

문 여는 소리

신예은

아침 시간마다

지각한 아이들이 온다.

평소엔 문을

도르륵!

하고 열지만

지각했을 땐

드, 르, 드륵, 드륵, 드르륵

연다.

머리

김도윤

시똥 한 편을 눌 때에
엄청난 힘이 필요하다.

시똥을 눌 때
수학 시험을 보는 것보다
더 많은 생각이 필요하다.

우리의 마음을 선생님이
알까?

영어 공책

나주원

공책을 열어서 영어를 쓴다.

1개, 2개, 3개, 많이 쓴다.

영어 공책의 머리가 꽉 채우게 쓴다.

다 채웠으면 또 텅 빈 머리에 쓴다.

학교 방송

양초은

학교 방송을 시작할 때
곧 시작한다고 안내를 해 주는데

항상 큰 목소리로 말해서
깜짝깜짝 놀랜다.

금요일 8시 25분쯤엔
놀랠 준비를 해야 한다.

방구

전지윤

오늘 짝꿍이 수학 시간에
삐이이잉~
방귀를 꼈다.
내가 모른 척해 줄라 했는데
짝꿍이 낄낄 웃어서
애들한테 들켰다.
이상한 짝꿍이다.

초상화

김건우

친구들 초상화를 그렸는데
너무 웃겨서 그만
숨넘어갈 뻔했다가 안 했다가
휴~ 큰일 날 뻔.

수행 평가

전지윤

오늘 수행 평가를 봤다.
왠지 모르게 너무 잘 풀린다.
그래서 '내가 잘못하고 있나?'라는
생각이 들었다.

두 목소리

한지민

다른 애들이 시 쓴 거 보여 드리러 가면
선생님이 소곤소곤 말해서 잘 안 들리는데
내가 시 쓴 거 보여 드리러 가면
선생님이 목청 빠져라 얘기하시는 거 같아서
다른 반까지 들릴 것 같다.

3부

나의 사랑도 떼구르르

아픔

권이찬

오늘 쉬는 시간에
문채희가 나를 때렸는데
아프면서도 재밌다.
나는 이중인격인가.

비둘기

김지유

비둘기가 둘이서

연애를 하고 있다.

비둘기가 나보다

더 나은 것 같다.

단원 평가

황윤재

오늘 5교시는 단원 평가다.

단원 평가만 되면

애들이 한숨을 쉰다.

한숨이 나오는 이유를

곰곰이 생각해 봤는데

예쁜 선생님 얼굴을 봐야 하는데

시험지만 보니까 라는

생각이 든다.

솔로

문채희

이번 크리스마스도 솔로나 보다.

나도 남친이랑 같이

하하 호호거리면서

크리스마스를 보내고 싶은데.

아무나 고백 좀 했으면 좋겠다.

사춘기

배수빈

교회에 친한 언니가 있는데

그 언니가 사춘기가 온 것 같다.

모든 사람한테 한 번씩은

용암을 쏟아낸다.

티라노사우르스 같다.

민찬이

신예은

민찬이가 덥다고
앞머리를 넘겼다.
너무 웃기게 생겼다.
레스토랑에서
알리오 올리오 파스타
만들 것 같이 생겼다.
그만큼 느끼하게 생겼다.

추격전

황윤재

점심 먹고 학교 운동장을 돌았다.
내가 수현이 훈련 시켜 줄려고
막대기를 찾아 던지면서
"가져와!" 하면
수현이는 가져오기는커녕
"죽을래?" 하면서
나를 추격한다.

첫사랑

이혜원

학교가 끝난 뒤 애들이
집 갔다 다시 모였다.

그 이유는 바로
노래방에 가기로 했기 때문이다.

그런데 노래를 끝내자
갑자기 눈물이 터져 나왔다.

내가 부른 노래가 마치
내 이야기 같아서 눈물이 나왔다.

그 노래의 이름은 첫사랑이다.

★ 혜원이의 첫사랑은 유치원 때 만난 친구다.

첫사랑이라는
이름으로
지워지나 봐~~

가을 나무

정수현

나무 아래 벤치에 앉아
선생님의 설명을 듣다가
나뭇잎이 힘없이
떨어지는 것을 보았다.
나의 사랑도 어제
나뭇잎처럼 떠나갔다.

알밤

정수현

알밤을 까다 보니
알밤 집이 쩌저적 갈라지고
알밤이 나온다.
그것을 보니
쩌저적 갈라진 내 사랑 같다.
갈라진 내 사랑 안에서는
슬픔이 나왔다.

나의 사랑도…

정수현

저기 삶아지는 밤을 보니

뜨거워 보인다.

나의 사랑도

저 삶아지는 밤처럼

뜨거웠었다.

나의 사랑도 떼구르르

정수현

수업 시간에 민찬이의 물통이
떼구르르 시끄럽게 빨리 굴러간다.
나의 사랑도
저 빨리 구르는 물통처럼
빨리 굴러갔어.
시간이 지났지만 그리움이 계속 쫓네.

맨드라미 차

정수현

맨드라미 차가 진한 빨강이다.

저걸 보니

내가 내 사랑에게 향했던 사랑도

저 맨드라미 진한 빨강과 같이

아주 진한 사랑이었어.

이것만 그 애가 기억해 주면 좋겠네.

고백

이혜원

2학년 2학기 마지막 날에
어떤 잘생긴 남자애가
나에게 고백을 했다.

그때는 전학 가기 전날이어서
고백을 거절하였다.

그러고 나서 1개월 후에
남자애가 여친이 생겼다는
소식이 들렸다.

그래서 걔의 프사를 봤는데
걔의 여친은 나보다 못생긴 애여서
어이없었다.

나의 노력

한예나

내가 일부러 너 보려고

평소에 가던 길도 돌아가고

밥도 늦게 먹고

너 앞에선 일부러 크게 말하고

많이 알짱거리는데

너는 그걸 모르겠지?

딸기 우유

한예나

좋아하는 애를 주려고

딸기 우유를 샀다.

걔가 학교에서 나오길 기다리는데

그때 딱 나오긴 했는데

다른 애들과 다 같이 나와 주지 못했다.

어쩔 수 없이 그 우유는 내가 먹었는데

지금까지 먹은 우유 중

가장 슬픈 우유였다.

사랑

한예나

너 아플 때
제일 먼저 걱정해 준 것도
나고

너한테
맨날 톡한 것도
나고

너 밥 안 먹을 때
걱정하면서 먹으라고 한 것도
난데

너는 왜 걔만 좋아해?

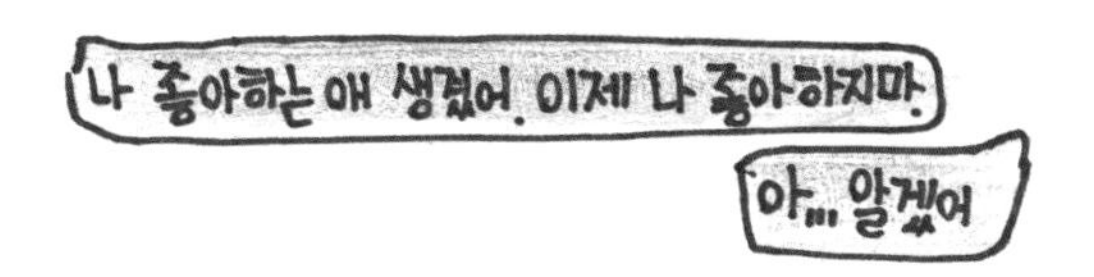

미련일까?

한예나

너에 대한 마음 다 버리고
다시 잘 지내려 했는데 말이야.
또 갑자기 와서 잘해 주면
내가 너를 못 잊겠잖아.

부럽다

한지민

점심시간에 화단에서 노는데
윤재가 아프다고 선생님한테
보건실까지 업어 달라고 했다.

그래서 나는 설마 해 주시겠어.
라고 속마음으로 얘기했는데
선생님이 카메라를 나에게 넘기시더니
윤재를 읏샤읏샤 하면서 업었다.

윤재는 세상 다 가진 표정으로
환하게 웃고 있었다.
그 상황이 웃기면서도
윤재가 내심 부러웠다.

머리카락

한지민

학교에 왔는데
윤재 머리카락이
공중에 막 떠 있다.
윤재가 선생님을
너무 빨리 보고 싶어서
자고 일어나자마자 달려온
느낌이었다.

손

황윤재

내가 선생님께 말했다.

"저는 선생님을 사랑하지만
아직 잡지는 못하겠어요.
하지만 5학년 끝나기 전에는
꼭 잡을 거예욧!"

손잡는 걸 선생님이 기억하면 좋지만
선생님은 기억력이 안 좋기 때문에
내가 기억해 줘야 하는
그런 불길한 예감이 든다.

기억 상실증

황윤재

화단 가는 길에
선생님께 할 말이 있어서
말을 걸었다.

근데 선생님이 나를 보는 순간
뇌에 있던 세력이 없어지고
새로운 세력인
'선생님 얼굴 세력'이 등장해서
내 모든 기억이 사라졌다.

선생님께 반해 버리고
말은 할 수 없어서
화단 갈 때까지 멍하면서 갔다.

기사의 힘

황윤재

오늘 점심시간에 주스가 나왔다.
근데 아무리 힘을 써도
까지지 않았다.
결국 쭈뼛쭈뼛 선생님한테
까달라고 부탁했다.
선생님은 2초 만에 까며
"그런 힘으로 선생님 기사가 될 수 있겠니?"
라고 말하셨다.
나는 이제 하루에 팔굽혀펴기
100번을 하겠다고 다짐했다.

쿵, 쿵, 쿵

황윤재

나무에 매미 허물이 있다.

띠어서 꺽다리 시윤이 어깨에 올렸다.

근데 재미없게 걸어가기만 했다.

이번엔 선생님한테 갔다.

선생님은 친구들이랑 옥수숫대를

자르고 있었다.

살금살금 선생님 팔에 붙였는데

"으아악~!"

선생님이 소리 지르고 나니까

선생님 심장 소리가

쿵, 쿵, 쿵

들리는 것 같았다.

송은서 누나

김현준

은서 누나는
우리 누나의 아주 친한 친구다.
우리 집에서 자기도 했다.

근데 전학을 갔다.

5학년이 돼서
《우리 반이 터지겠다》 시집을 보고
은서 누나가 시인인 걸 알았다.

대단했다.

은서 누나
시다!!!

어린이 시집
우리 빤이 터지겠다

4부

내 얼굴의 갈매기

라면

김지유

저녁에 짜파게티를 먹었다.
맛있게 먹고 나니 시간은 9시였다.
잠을 자고 일어나니까
얼굴이 반쪽 더 생겼다.

아빠

김건영

아빠가 나한테 질문을 하면
내가 질문에 답해도
아빠는 자기 생각으로 한다.
아빠는 나한테
질문을 왜 하는지 모르겠다.

내 얼굴의 갈매기

김지율

나는 아빠하고 많이 닮은 것 같다.
몸에 털 많은 것도 아빠 닮고
키가 좀 작은 것도 아빠 닮고
배 나온 것만 아빠 안 닮고
제일 아빠하고 닮은 게
눈썹이 이어져 있다.
아빠는 전에 눈썹을 잘랐지만
난 아직 안 잘랐다.
눈썹을 흔드니까
갈매기가 나는 것 같다.

몰래 받은 용돈

안승아

오늘은 인천에 갔다.

잠시 후에 큰고모가 오셨다.

큰고모께서 나에게 3만 원 주며

조용히 말씀하셨다.

"3만 원은 아빠 주지 말고 써."

"넵. 알겠어요."

아팠을 때

김시윤

아빠와 엄마 형 나까지
다 코로나에 걸렸다.
그런데 하나도 안 아프다.
1초도 아픈 증상 없다.
제일 아팠던 때가 병원에서 코 쑤실 때.

나는 코로나와 몸 밖에서 싸우나?

덤벼!

워터파크

문채희

워터파크에서 논 날인데

하필 장염이 걸렸다.

배는 별로 안 아프고

가족들이 맛있는 걸 먹는 모습이

부러웠다.

그래서 먹고 아프기로 했다.

용돈

김지유

사촌 동생 집에 갔는데

이모가 용돈을 주었다.

괜히

안 받을게요.

안 받아도 돼요. 이랬지만

속으로는 히죽히죽 웃고 있었다.

선풍기

장현근

웡~~~

아~~~~

웡~~~

아ㅏㅏㅏㅏ~

겁

김지율

숙제를 할라고 방으로 들어갔는데
침대 옆에 돈벌레가 붙어 있었다.
에프킬라를 들고 할머니하고 방에 왔다.
할머니께서는 빨리 쏘라고 하셨지만
뿌리면 폭주해서
나한테 오지 않을까 해서 잘 못 쐈다.
할머니께 남자가 그것도 못하냐고
잔소리를 들었다.
눈물이 나올 것 같았다.

고추

김건영

할아버지 집에서 고추를 땄다.

큰 고추

작은 고추

잎을 감싸고 있는 고추

울퉁불퉁한 고추가 있었다.

할아버지 집에는 고추가 많았는데

그중에 평범한 고추는 없었다.

언니

문채희

있으면 짜증 나고

없으면 허전한 사람

오빠의 부탁

안승아

집에서 한가롭게 놀고 있는데
오빠가 친구들과 놀다 올 테니
아빠가 오면
자전거 타러 갔다고 말하라고 했다.
난 그 순간을 놓치지 않고
"얼마?"를 외쳤다.
만 원이라고 해서
"오케이!"라고 했다.
세상에 공짜는 없다.

학부모 공개 수업

신예은

아빠가 왔다.

정말 기뻤다.

쪽지에 적힌 퀴즈를 내며 돌아다녔는데

선생님이 엄마 아빠들도

같이 하라고 하셨다.

그래서 퀴즈를 내려고 아빠한테 갔는데

굵고 크지만 늙은 손으로

작은 종이 쪼가리를 든 모습이

이상하게 울컥했다.

정말 바쁘지만 시간 내서 온 아빠한테

미안하고 고마웠다.

아저씨

양초은

국숫집에 갔는데
어떤 아저씨가
직원분께 반말을 하신다.
내가 먼저 왔는데
왜 딴 사람 게 먼저 나오냐고
소리도 지르신다.
아빠가 그랬다.
“나이는 저렇게 먹음 안 돼.”

힘

문채희

부여 아울렛을 갔다.

아빠의 옷을 사러 갔는데

한 걸음 한 걸음 걸을 때마다

너무 힘이 들었다.

근데

내 것을 살 때는

다리에 힘이 번쩍! 생겼다.

몰폰

김건우

동생하고 몰폰을 하고 있었다.

엄마가 방에 들어오셨을 때

우리는 재빨리 폰을 침대에 숨겼다.

엄마는 모른 척하고 갔다.

하지만 눈치를 채셨는지

내가 폰을 보려 할 때

엄마가 재빨리 방문을 열어

들켜 버렸다.

폰은 그렇게 압수되었다.

벌컥!
벌써 자냐!
휴대폰 압수!
깜짝 아!

기도

문채희

주일날 교회를 가서

기도를 했다.

나의 걱정거리와

언니의 중간고사, 기말고사

기도를 했다.

제발 중간고사 끝나고

언니가 안 울었음 좋겠다.

아빠의 추억

양초은

아빠가 옛 군인 시절
사진을 보여 주셨다.

사진을 보다가
아빠의 여자친구 사진을 봤다.

헐, 엄마가 아니다.

지네

황민찬

엄청 작았던 지네가
숨죽여 살다가
내 가운데 손가락보다
세 배는 더 커져서
우리 가족이 죽인 지네 형제들의
복수를 하러 나왔다.
하지만 엄마가 집게로 집어서
밖에 내던졌다.

김장

장현근

김장을 했다.

짰다.

라면에다 먹었다

짰다.

밥에다 먹었다.

짰다.

보쌈에다 먹었다.

짰다.

생일 축하

장현근

12월 3일이 우리 아빠 생일이었다.
12월 3일에 윤 대통령이 비상계엄을 선포해
군인들이랑 여러 탱크 같은 무기를 갖고 와서
우리 아빠 생일을 축하해 주려 했나 보다.

오빠

전지윤

오빠는 항상
“전지윤! 큰일 났어!” 이런다.
내가 가 보면 능글능글 웃으면서
“불 좀 꺼 줘.” 이런다.
그럼 나는 한숨을 쉬며
불을 꺼 준다.

앞머리

한지민

앞머리를 잘랐다.

그런데 너무 많이 잘라서

망했다.

원장님 제가 아주 조금만

잘라 달라고 했잖아요.

엄마 말은 듣지 마세요.

씨름

황윤재

진정한 사나이를 고르기 위해
아빠랑 나랑 씨름을 했다.
구경자는 엄마랑 동생.

씨름이 시작되자
아빠는 나를 봐줬다.

근데 봐줘서 이기면
진정한 사나이가 될 수 없다고 생각해서
내가 진심을 다해서 하라고 말하자

아빠가 날 들어 올려서 눕혀 버렸다.

병아리

황민찬

삐약 삐약
알에서 나와서
사료도 먹고 밀웜도 먹고
엄마를 따라다니면서 크다가
이제 어른 됐다고
늠름하게 걸어 다니는
우리 닭

할머니가 백숙해서 드셨다.

술 먹은 아빠 얼굴

신예은

아빠가 맥주를 반 캔 먹었다.

얼굴이 터질라 한다.

토마토 백 개 먹은 것 같다.

딸기 천 개 먹은 것 같다.

시뻘겋다.

이 세상 얼굴이 아니다.

양말

한지민

집에서 백설공주의 피부색보다
더 하얀 새 양말을 신어 보았다.
걸을 때마다 뭐 묻을까 봐
쥐 죽은 듯 살금살금 걸었다.

수건

황윤재

목욕을 하고 거실로 가는데
그 순간 빨래를 널던 엄마가
수건을 휙~휙
위로 아래로 털고 있었다.
수건을 보니까 양탄자가 보였다.
몸부림치고 있는 걸 보니
알라딘과 하늘을 날고 싶나 보다.

코골이

황민찬

할아버지 집에 가서
할아버지 옆에서 자고 있는데
할아버지가 코를 골고 있어서
못 자고 있었는데 할아버지가
“왜 안 자?”라고 해서
코골이 해서라고 했는데
할아버지가 안 할게. 하고
눈을 감자마자 코를 골았다.

형

김시윤

형에게
“형, 나 아이스크림 1개만
아무거나 갖다줄 수 있어?”라고 하면
“아니.”라고 하고 갖다준다.

형 ♡

송숙 엮음

아이들과 꽃을 심어요. 조그만 연못도 가꾸고 밭도 일궈요. 그곳에 날아오는 작은 곤충들도 봅니다. 아이들과 함께하는 이 일들이 세상을 조금이라도 아름답고 따뜻하게 만들어 간다고 믿어요. 그리고 이 모든 것들이 시가 되는 이야기라는 걸 매년 경험하고 있어요.

1판 1쇄 2025년 2월 20일
시·그림 군산 서해초등학교 5학년 4반 어린이들 **엮음** 송숙
펴낸이 모계영 **펴낸곳** 가치창조 **출판등록** 제406-2012-000041호
주소 경기도 고양시 일산동구 중앙로1347, 228호(장항동, 쌍용플래티넘)
전화 070-7733-3227 **팩스** 031-916-2375 **이메일** shwimbook@hanmail.net

ISBN 978-89-6301-405-0 73810

단비어린이는 가치창조 출판그룹의 어린이책 전문 브랜드입니다.